El chile rojo y picant

Lima's Red Hot Chili Pepper

written by David Mills

illustrated by Derek Brazell

Spanish translation by Maria Helena Thomas

MANTRA LINGUA

Cuando Lima regresó del colegio estaba hambrienta.
"¡Tengo hambre!" -dijo Lima.

When Lima came home from school
she felt very hungry.
"I feel hungry!" she said.

"En la cocina hay mucho que comer"
-dijo su mamá. "¡Pero no te comas el
chile rojo picante!"

"Plenty of food in the kitchen!" shouted
her Mom.
"But don't eat the red hot chili pepper!"

Lima se fue a la cocina a merendar.
Se encontró un coco peludo,
pero era... demasiado duro.

So Lima went to the kitchen for a nibble,

She found a hairy brown coconut
But it was just ... too hard.

Las suculentas samosas
estaban demasiado... frías.

The shiny samosas
Were just ... too cold.

La lata de espagueti
era demasiado... difícil de abrir.

The can of spaghetti
Was just ... too difficult.

Los dulces y los caramelos
estaban... demasiado altos para Lima.

And the sticky sweets
Were just ... too high up for Lima.

Entonces Lima lo vio.
Rojo, brillante... que cosa más ¡deliciosa!
El CHILE ROJO Y PICANTE.

Then she saw it.
The most delicious, shiny, red ... thing!
The RED HOT CHILI PEPPER.

Muy silenciosamento y en secreto,
Lima se metió el chile en la boca.

Quietly and secretly
Lima popped it
into her mouth.

¡Y lo mordió!

Crunch!

¡Pero no pudo guardar el secreto mucho tiempo!

But she could not keep her secret very long!

La cara de Lima estaba cada vez más caliente y...

Lima's face got hotter and hotter and hotter and...

...¡Le salían fuegos artificiales por la boca!

...fireworks flew out of her mouth!

Su mamá corrió a ayudarla.
"¡Agua, agua, bebe un poco de agua!"

Her Mother came to help.
"Water, water, try some water!"

Lima se bebió toda el agua, que estaba bien fría.
Se sintió bien…
¡Pero todavía le quemaba la boca!

So Lima swallowed a whole glass of cold cold water
Which was nice …
But her mouth was still too hot!

Entonces su papá vino a ayudar.
"¡Helado, helado, toma un poco de helado!"

Then her Dad came to help.
"Ice cream, ice cream, try some ice cream!"

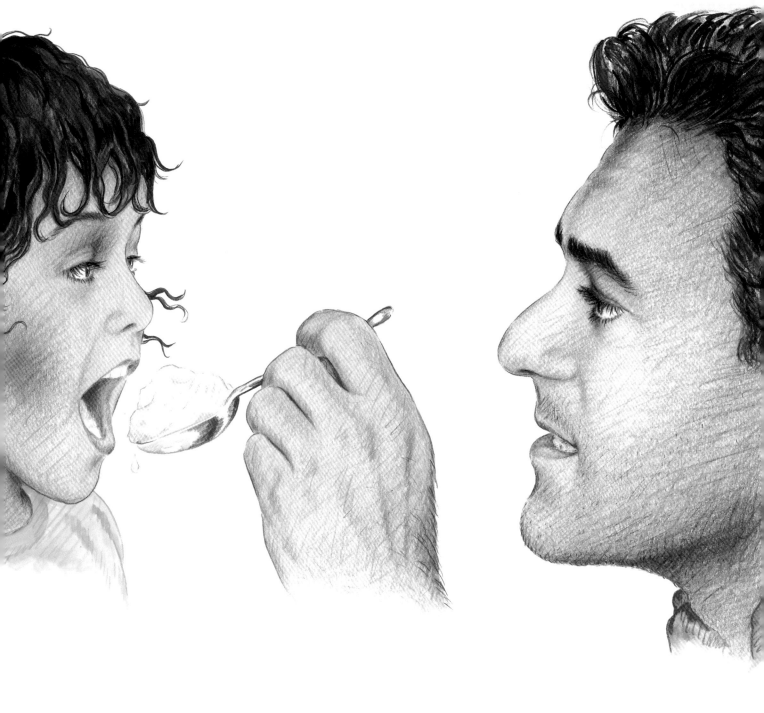

Lima comió mucho helado que se
sentió rico...
¡Todavía le quemaba la boca!

So Lima ate dollops of freezing ice cream
Which was lovely ...
But her mouth was still too hot!

Entonces su tía vino a ayudar.
"¡Gelatina, gelatina, como un poco de gelatina!"

Then her Auntie came to help.
"Jello, jello, try some jello!"

Lima se comió una montaña de gelatina.
Estaba deliciosa…
¡Pero todavía le quemaba la boca!

So Lima ate mountains of wobbly jello
Which was yummy …
But her mouth was still too hot!

Entonces su abuelo vino a ayudar.
"¡Mango, mango, come un poco de mango!"

Then her Grandpa came to help.
"Mango, mango, try some mango!"

Así que Lima se comió todo el jugoso mango.
Estaba suculento…
¡Pero todavía le quemaba la boca!

So Lima ate a whole juicy mango
Which was delicious ...
But her mouth was still too hot!

Finalmente vino su abuela a ayudar.
"¡Leche, leche, bebe un poco de leche!"

At last her Grandma came to help.
"Milk, milk, try some milk!"

Entonces Lima se bebió una jarra enorme de leche fresca.
Y muy lentamente...

So Lima drank a huge jug of cool milk.
Then slowly ...

Lima sonrió con los labios cubiertos de leche.
"¡Ahhh!" -dijo Lima. "No más chile rojo y picante."
"¡Qué alivio!" -dijeron todos.

Lima smiled a milky smile.
"Ahhhh!" said Lima. "No more red hot chili pepper."
"Phew!" said everyone.

"A ver..." -dijo la mamá de Lima- "¿Aún tienes hambre?"
"No" -dijo Lima agarrándose la barriga-
"¡Estoy un poco llena!"

"Now," said Lima's Mom, "are you still hungry?"
"No," said Lima, holding her belly. "Just a bit full!"

For Lima, who inspired the story
D.M.

To all the Brazells and Mireskandaris,
especially Shadi, Babak & Jaleh, with love
D.B.

First published in 1999 by Mantra Lingua Ltd
Global House, 303 Ballards Lane, London N12 8NP
www. mantralingua.com

Text copyright © David Mills 1999
Illustrations copyright © Derek Brazell 1999
Dual language text copyright © 1999 Mantra Lingua
Audio copyright © 2011 Mantra Lingua

This sound enabled edition published 2012

Printed in HatfieldUKFP281111SB01121518